PAYSAGE AUX NEONS

DU MÊME AUTEUR

ROMANS, RÉCITS ET CONTES

Les Jérémiades, Éditions Sémaphore, 2009.
Martine à la plage, La Mèche, 2012.
Javotte, Leméac, 2012.
Les monstres en dessous, Québec Amérique, 2013.
Jeanne Moreau a le sourire à l'envers, Leméac, 2013.
Hors-champ, tome 1 de la série *M'as-tu vu ?*, Les Malins, 2013.
En contre-plongée, tome 2 de la série *M'as-tu vu ?*, Les Malins, 2014.
Edgar Paillettes, Québec Amérique, 2014.
Le premier qui rira, Leméac, 2014.
Le plan d'ensemble, tome 3 de la série *M'as-tu vu ?*, Les Malins, 2015.
Victor. Casting, Éditions de la Bagnole, 2015.

THÉÂTRE

Qu'est-ce qui reste de Marie-Stella ?, Dramaturges Éditeurs, 2009.
Éric n'est pas beau, L'École des loisirs, 2011.
Danser a capella : monologues dynamiques, Ta mère, 2012.
Les mains dans la gravelle, Éditions de la Bagnole, 2012.
PIG, Leméac, 2014.
Peroxyde, Leméac, 2014.

POÉSIE

Poèmes du lendemain 18 (avec Valérie Forgues), Écrits des Forges, 2009.
Nancy croit qu'on lui prépare une fête, Poètes de brousse, 2011.
La sueur des airs climatisés, Poètes de brousse, 2013.
Les garçons courent plus vite, La courte échelle, 2015.

ALBUM POUR ENFANTS

Un verger dans le ventre (avec Gérard DuBois), La courte échelle, 2013.
Albert Ier, le roi du rot (avec Julie Cossette), Éditions de la Bagnole, 2014.
Plus léger que l'air (avec Agathe Bray-Bourret), Québec Amérique, 2015.

Simon Boulerice

Paysage aux néons

roman illustré

LEMÉAC • JEUNESSE

Ouvrage édité sous la direction
de Maxime Mongeon

Illustration en couverture : Jean-François Poisson à partir d'une photographie de Jérémie Battaglia.
Illustrations à l'intérieur : Jean-François Poisson.
Les recettes reproduites aux pages 47, 73, 99 et 100 du présent ouvrage sont inspirées de celles disponibles sur le site internet : www.espace-musculation.com, consulté le 27 avril 2015.

Leméac Éditeur remercie le Conseil des arts du Canada, la Société de développement des entreprises culturelles du Québec (SODEC) et le Programme de crédit d'impôt pour l'édition de livres du Québec (Gestion SODEC) du soutien accordé à son programme de publication.

Financé par le gouvernement du Canada | **Canadä**

ISBN 978-2-7609-4220-2

© Copyright Ottawa 2015 par Leméac Éditeur
4609, rue D'Iberville, 1er étage, Montréal (Québec) H2H 2L9
Dépôt légal – Bibliothèque et Archives nationales du Québec, 2015

Mise en pages : Compomagny

Imprimé au Canada

À mon ami Jocelyn Lebeau
mon partenaire de gym et de rires
qui amidonne de jour en jour
son costume de muscles

et à la mémoire des poètes
Robbert Fortin et Hélène Monette

PHASE 1 – CARDIO # 1

Vélo stationnaire pendant cinq minutes.
Ajuster le siège. Départ rapide. Niveau 5. Pour
voir les calories brûlées, indiquer son poids
en livres.

Échauffement. Effort : 60 %

Penser à nettoyer l'appareil après utilisation.

C'est l'heure. Nous sommes coordonnés.

Marky Mark marche devant moi, en direction du gym. Il fait ce chemin chaque jour. Et peut-être même, si ça se trouve, plus d'une fois par jour. Une cigarette se consume sur le trottoir, devant la porte vitrée du Nautilus Plus. Il l'évite au dernier moment avant d'entrer. Je suis tout près, derrière lui. Il ne prend pas la peine de me retenir la porte. Il ne m'a pas vu ou bien il se fiche de moi.

Je crois que Marky Mark ne pense qu'à lui.

Avec mon espadrille, j'écrase la cigarette qui n'en finit plus de brûler. Je hais la pollution. Au même moment, je ressens une brûlure, comme si j'avais éteint la cigarette à pied nu. J'ai l'impression que le feu traverse la semelle et circule en moi, pareil à la fois où on a dû me brûler une verrue plantaire à l'azote liquide, au CLSC. Je regarde sous ma chaussure : la semelle n'est pourtant pas trouée. Je n'ai éprouvé la brûlure pour aucune raison valable.

Les choses de la vie me traversent toujours avec fulgurance.

Si j'étais Marky Mark, je pourrais éteindre les cigarettes à mains nues. Ses paumes doivent être recouvertes de corne, à force de lever de la fonte. Elles doivent avoir la couenne dure, métonymie de son corps robuste. Mais je ne suis que Léon Renaud. Les cigarettes, moi, me piquent les semelles de chaussures.

Je retiens la porte pour une madame qui me suit de près et je grimpe rapidement pour rejoindre Marky, qui gravit les marches au pas de course, fidèle à lui-même. À coups de deux, minimalement. Sinon trois. Le travail commence déjà. Son pouls s'accélère. Il n'aura pas besoin de faire du cardio sur un vélo stationnaire, lui. Je connais sa routine : dès qu'il émergera du vestiaire des hommes dans sa tenue d'entraînement, il ira directement à la salle des poids libres.

Pour le moment, Marky Mark se rue dans le vestiaire. Je le suis toujours de près. De plus en plus, je deviens son ombre rachitique. Ce bodybuilder me fascine. Son corps est surréel.

LE CORPS DE MARKY MARK

À vue de nez, 5 pieds 10 ou 5 pieds 11,
à peu près 225 livres

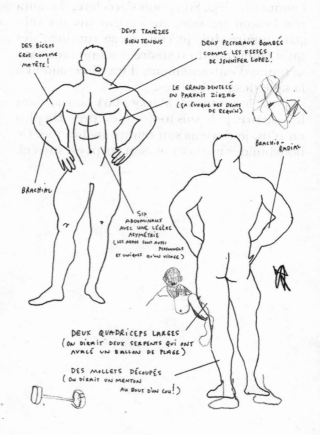

DEUX TRAPÈZES
BIEN TENDUS

DES BICEPS
GROS COMME
MA TÊTE!

DEUX PECTORAUX BOMBÉS
COMME LES FESSES
DE JENNIFER LOPEZ!

LE GRAND DENTELÉ
EN PARFAIT ZIGZAG
(ÇA ÉVOQUE DES DENTS
DE REQUIN)

BRACHIO-
RADIAL

BRACHIAL

SIX
ABDOMINAUX
AVEC UNE LÉGÈRE
ASYMÉTRIE
(LES ABDOS SONT AUSSI
PERSONNELS
ET UNIQUES QU'UN VISAGE)

DEUX QUADRICEPS LARGES
(ON DIRAIT DEUX SERPENTS QUI ONT
AVALÉ UN BALLON DE PLAGE)

DES MOLLETS DÉCOUPÉS
(ON DIRAIT UN MENTON
AU BOUT D'UN COU!)

Je précise ici que je n'ai pas le moindre désir pour le corps de Marky. Même pas le désir d'être aussi spacieux, large, confiant, solide, imperturbable et infroissable que lui. Un corps orangé en titane, ça ne me dit rien. Mais voilà un mois que je regarde à temps plein ce culturiste. Mes yeux sont aimantés par lui, comme s'il était une vedette.

Marky Mark est la star du Nautilus Plus.

Le vestiaire fait tout naturellement office de loge. Marky enfile sa tenue de sport avec concentration et minutie. Il est comme l'acteur se préparant, sortant peu à peu de lui-même pour mieux se glisser petit à petit dans son personnage, qui vivra sur scène. Pour Marky, pas de vocalises, pas de virelangues, pas de répétitions à l'italienne. Seulement des étirements sommaires (il rotationne toujours – rituel étrange – ses poignets après chaque vêtement enfilé). Une fois la porte du vestiaire franchie, le théâtre pourra commencer. Ce sera une partition physique. Les grimaces se feront aller et les muscles sailliront avec panache, comme à chaque séance.

Je le regarde de biais, caché derrière la porte étroite de mon casier. J'enfile mes vêtements avec modestie. Je passe devant la glace. Si Marky est la star du gym, j'en suis le clown.

Ça y est. Marky sort des vestiaires. Cap sur la salle des poids libres. C'est là que nos chemins se séparent. Je vais faire du vélo stationnaire pour bonifier mon cardio d'ado. Je roule avec constance sur ma machine.

Du Éric Lapointe joue dans le Nautilus. Je pédale en pensant au chanteur. Je vois ses chaînes en métal, ses bagues à chaque doigt. Je trouve ça excessif. À un moment donné, c'est trop de bijoux, de dorure, d'argent. À cinq bagues par main, ça ressemble un peu trop à un poing américain, son affaire.

Les clients autour de moi écoutent plutôt leur iPod. Ils s'entraînent sur la musique qu'ils ont choisie. Ils se font leur propre trame sonore. Moi, j'ouvre un recueil de poésie. Je plonge dans le livre. Les mots y respirent, aérés sur chacune des pages. Ça m'aide avec mon souffle. Je roule sur place en lisant des poèmes. Même sans écouteurs, je n'entends plus Éric Lapointe.

J'entends plutôt ma voix intérieure qui déclame les vers d'un poète québécois.

Au bout de quelques minutes de cardio, je rejoins Marky dans la salle des poids libres. Il est en train de lever une charge exagérément lourde, si je me fie aux veines sillonnant ses tempes, son cou, ses épaules et ses bras. Tout son corps est strié de chemins sinueux. De fragiles couleuvres torturées semblent vouloir émerger de sa peau orangée. Il travaille fort, Marky. Il me vient parfois à l'esprit de m'en inspirer, pour me déployer dans l'espace comme lui. Gagner en volume et en ampleur. En consistance aussi, peut-être?

Mon corps à moi pourrait rentrer trois fois dans celui de Marky.

LE CORPS DE LÉON RENAUD (moi)

5 pieds 7, 127 livres

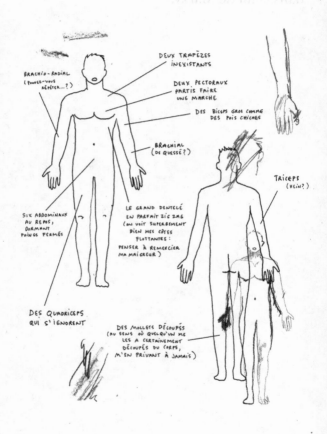

DEUX TRAPÈZES INEXISTANTS

BRACHIO-RADIAL (POUVEZ-VOUS RÉPÉTER...?)

DEUX PECTORAUX PARTIS FAIRE UNE MARCHE

DES BICEPS GROS COMME DES POIS CHICHES

BRACHIAL (DE QUESSÉ?)

TRICEPS (HEIN?)

LE GRAND DENTELÉ EN PARFAIT ZIG ZAG (ON VOIT SUPERBEMENT BIEN MES CÔTES FLOTTANTES : PENSER À REMERCIER MA MAIGREUR)

SIX ABDOMINAUX AU REPOS, DORMANT POINGS FERMÉS

DES QUADRICEPS QUI S'IGNORENT

DES MOLLETS DÉCOUPÉS (AU SENS OÙ QUELQU'UN ME LES A CERTAINEMENT DÉCOUPÉS DU CORPS, M'EN PRIVANT À JAMAIS)

PHASE 2 – CHAISE SUR LE MUR

Décrire un angle de 90 degrés aux genoux. S'assurer de garder les omoplates contre le mur.

Maintenir la position pendant une minute (même si c'est insoutenable).

15

Le mur de briques du salon est la raison pour laquelle ma mère a convaincu mon père d'acheter la maison où j'ai grandi, et où je vis encore. Alors qu'elle était enceinte de mon frère Antoine, elle s'est probablement pendue au bras de mon père en implorant que ce soit ici, leur foyer. Je connais ma mère sur le bout des doigts.

— C'est ici que je veux vivre ! Y a un mur de briques, Bruno ! Un mur de briques *dans* la maison ! C'est mon rêve de petite fille, ça !

— Comment ça, ton rêve de petite fille ? Pendant que les autres rêvaient de devenir chanteuse ou de recevoir une poupée spéciale pour Noël, toi, Nathalie, tu rêvais d'avoir un mur de briques *dans* ta future maison ? C'est ça ?

— Veux-tu ben me laisser de bonne humeur ! J'ai toujours trouvé qu'un mur en briques dans une maison, c'est un symbole de foyer sain et solide. Pis c'est tellement beau. Ç'a quelque chose de rustique ! J'ai toujours su que j'allais élever une famille dans un salon de même, bon ! Gâche pas mon fun, s'il te plaît.

Mon père a cédé, comme il le fait souvent avec sa femme. Mon frère et moi avons eu la chance de grandir dans un lieu sain et solide. Le mur de briques du salon a veillé à faire de nous des enfants forts et brillants, tout en agrémentant notre vue. Merci, maman, d'avoir solidifié nos vies.

Ma mère capoterait de bonheur, si elle mettait les pieds ici, dans le gym où je m'entraîne ; tous les murs intérieurs sont en briques. Le Nautilus a élu domicile dans une vieille bâtisse. Les propriétaires ont rénové et rajeuni l'endroit, mais ont conservé les murs d'origine. Ça donne un look très *rustique* que ne renierait pas Nathalie.

Ça confère assurément un cachet plus intéressant au gym, mais quand, après mon cardio, je fais la chaise contre le mur, les quadriceps tressaillant, je me retrouve toujours avec une pellicule de poussière de brique agglutinée dans la sueur de mon tee-shirt. Il y a pire : les aspérités de la brique me perturbent le dos, me grafignent les omoplates. Qu'à cela ne tienne : j'ai la chance de m'entraîner dans un lieu sain et solide. Merci, Nautilus Plus, de solidifier mon dos.

Ça fait maintenant un mois que le gym muré de briques est entré dans ma vie. Le vélo stationnaire de maman, disposé en plein cœur de notre salon, avait cassé quelques jours plus tôt. J'avais pris l'habitude de maximiser mon temps en faisant deux choses à la fois. Je lisais tout en pédalant (j'ai toujours voulu appliquer à la lettre la maxime « Un esprit sain dans un corps sain », comme quand le dictionnaire *Robert* de mon frère me servait d'haltère, alors que je cherchais à mémoriser la définition d'un nouveau mot).

L'automne dernier, j'ai réalisé à quel point j'aime lire en bougeant. Quand je lis, j'ai rapidement des fourmis dans les jambes. C'est une activité trop passive pour moi. Ça me démange de pédaler, surtout. Le hic, c'est que lire en roulant à vélo, s'il n'est pas fixe, peut être désastreux. C'est parfait pour provoquer un accident de la route avec un piéton, un autre vélo ou, pire, une voiture. En somme, c'est l'idéal pour se casser le cou.

Pendant tout mon cinquième secondaire, le vélo d'exercice de maman (qui s'en servait une fois par mois, gros max) est devenu mes lunettes de lecture. C'est-à-dire que si je ne pédale pas, j'ai moins de concentration, et les mots lus passent dans le beurre. Quand je pédale, j'ai l'impression que les mots circulent et s'inscrivent davantage en moi.

Toujours est-il que j'ai lu une vingtaine de romans, les pieds bien fixés dans les étriers du vélo stationnaire de maman, avant qu'il ne déraille.

Je crois que ce jour-là, je me suis trop
acharné. J'arrivais à la fin de mon livre policier
et j'étais pressé de découvrir qui était le tueur.
Le mécanisme du vélo ne m'a pas suivi dans
ma furie et a rendu l'âme. Ma mère n'a pas
tenu à le remplacer. Ni mon père. Il m'a dit
à la blague d'aller m'inscrire au gym, pour
éviter de casser leur prochain vélo d'exercice
à eux deux. Il n'aurait jamais pensé que j'allais
l'écouter, mais je l'ai fait. Ç'a été un peu sur un
coup de tête. Je me suis dit qu'un abonnement
me coûterait sensiblement le même prix qu'un
vélo stationnaire, mais qu'au gym, j'aurais

accès aussi à des machines. L'idée de lever des poids plutôt qu'un dictionnaire m'a convaincu. Gagner en crédibilité m'interpellait.

Alors voilà : il y a quatre semaines de ça, j'ai mis les pieds dans ce Nautilus, où il y a une panoplie de vélos stationnaires de qualité. Au-delà de ses solides murs de briques, le gym m'a immédiatement paru spacieux et éclairé ; je n'ai pas hésité à m'y inscrire. C'est mon ami Carl qui me l'avait <u>conseillé</u>. C'est là qu'il s'entraînait, avant de déménager l'été dernier. Il a insisté pour que je prenne un certain J.-F. comme entraîneur privé, le plus qualifié du personnel, selon lui. Ma requête a été acceptée.

Le jour même, après m'avoir pesé sur leur balance hi-tech qui a déterminé que je pesais précisément 127 livres, J.-F. m'a créé un entraînement sur mesure. Il a tenu à varier le plus possible ma séance d'exercices. Travailler les jambes, les épaules, les bras, tout en parsemant mon parcours de cardio. Si je respectais sa fiche d'entraînement, ma lecture de romans policiers allait être constamment interrompue. Je me disais que ça allait être frustrant de ne lire que des petits passages. J'en ai fait part à mon frère, qui termine son bac à l'UQAM en cinéma. Antoine m'a proposé de lire des recueils de poésie. Il a dit : « C'est court et ça se suit pas nécessairement. Tu reprends quand tu veux ta lecture. » Sur le

coup, j'ai fait : « Ouin, c'est ça, bonne idée. »
J'étais ironique, naturellement. Mais l'idée
est restée.

Le lendemain, quand je suis passé à la
biblio avant le gym, j'ai pigé au hasard, sur
le rayon des recueils de poésie québécoise,
Les nouveaux poètes d'Amérique de Robbert
Fortin. J'ai souri en regardant le prénom
du poète. J'ai cru à une faute de frappe. On
avait dû s'endormir sur la lettre b et appuyer
trop longtemps. Puis je me suis dit qu'un
poète pouvait bien se permettre ce genre de
liberté fofolle, comme de doubler une lettre
de son prénom, sans que ça en influence la
prononciation.

Je pourrais bien m'appeler Léoon. Ou
bien Léonn. Pourquoi pas ? Je vais cogiter
là-dessus.

J'ai emprunté le livre du poète qui abuse
des b et je me suis rendu au Nautilus avec tout
le matériel nécessaire : un short, un tee-shirt,
une serviette et un nouveau cadenas (m'étant
stupidement départi de celui que j'ai utilisé
pendant tout mon secondaire). Je suis sorti du
vestiaire avec ma fiche d'entraînement pliée
en deux dans mon recueil de poésie. Je me
suis dirigé vers les vélos stationnaires. J'ai jeté
mon dévolu et mon cul sur l'un d'eux et j'ai
ouvert le livre de Robbert Fortin. J'étais le seul
à lire en pédalant. J'étais le seul à appliquer à
la lettre le précepte « Un esprit sain dans un

corps sain ». J'aurais pu me sentir gêné, mais non : je me suis simplement senti pertinent.

Ça ne faisait pas deux minutes que je pédalais quand j'ai été happé par la beauté d'un passage.

> « je ne veux pas rater ma vie
> dans un paysage de cosmétiques
> je porte plainte
> aux créations parfaites
> pour négligence de la beauté »

J'ai eu envie de le souligner. Mais j'ai eu des scrupules. Ce n'était pas mon livre. Je me sentais mal à l'idée de laisser ma trace dans un livre qui ne m'appartenait pas. Alors je me suis répété en boucle la puissance de ces vers. Au terme de mon échauffement, j'ai eu l'idée de le noter, pour ne pas l'oublier. J'ai pris un crayon HB (il y en a plein de fraîchement taillés sur le classeur dans lequel reposent, dans des chemises respectant un ordre alphabétique, les fiches d'entraînement des clients) et j'ai noté les vers sur ma propre fiche. J'ai fait le reste de mon entraînement avec rigueur, mais dès que j'en avais l'occasion, je replongeais le nez dans mon petit Robbert Fortin.

Au bout de deux séances de gym (en deux jours, car j'ai eu la piqûre !), *Les nouveaux poètes d'Amérique* était lu en entier et ma fiche était barbouillée, voire noircie de citations fortes. Il n'y avait plus d'espace libre, comme une carte de bingo mille fois gagnante.

La lecture m'avait galvanisé l'esprit autant que les mollets.

J'ai donc fait une razzia à la biblio. J'y ai dévalisé le rayon des recueils de poésie québécoise. J'ai lu du Fernand Durepos, du Gaston Miron, du Hélène Monette, du Catherine Lalonde, du Hector de Saint-Denys Garneau, du Anne Hébert, du Gatien Lapointe, du Tania Langlais, du Kim Doré, du François Guerrette, du Corinne Chevalier... Quand je tombais sur un passage qui, à mon sens, méritait d'être retenu et recopié, je le retranscrivais sur les fiches d'entraînement qui dormaient dans les chemises. Les fiches des clients absents. Je souriais en imaginant leur face, reprenant leur fiche. Dans ma tête, je concevais leur air dubitatif devant la poésie qui illuminait subitement les phases rigides et cliniques de leur programme d'entraînement.

J'espérais les faire sourire. Et je l'espère encore. Car je persiste. Chaque jour, pendant mon entraînement, je retranscris généreusement sur des fiches prises au hasard les vers qui résonnent le plus en moi. Généreusement, oui.

Peut-être résonneront-ils dans la vie des clients du Nautilus?

Un jour, je suis tombé sur la fiche de Marky Mark. Je lui ai retranscrit les plus beaux vers ingérés lors de mon cardio. J'aime me dire que lors de son entraînement suivant, lorsqu'il a jeté un coup d'œil sur sa fiche, sous l'éclairage cru des néons, je lui ai insufflé un peu de poésie.

> « S'alléger s'allonger et nager
> avoir mal entre les os
> c'est l'usure du corps
> notre vie est un frottement d'étoiles
>
> Au-dessus du grenier
> qui n'existe que pour soi »
>
> ROBERT BAILLIE, *L'image est une maison*

PHASE 3 – PRESSE

Contrôler la charge à gauche et à droite du siège. Les jambes ne devraient pas plier à un angle de plus de 80-90 degrés. S'assurer d'être bien assis et supporté au niveau du bas du dos.

Répétition : 16 fois

Charge : 400 livres

Marky consulte rapidement la fiche de son nouvel entraînement avant d'aller vers un paysage de fonte. Cap sur les poids et haltères. L'éclairage est cru, froid. Pleins feux sur les corps en camisole. La succession des miroirs sur ce pan de mur de briques multiplie Marky. On le regarde et il le sait. Il est rempli de ça. Rempli des yeux posés sur lui, posés sur les miroirs à le détailler, lui, subtilement. Marky, caricature grimaçante de bodybuilder, en impose. Ça n'existe pas, des épaules de cette taille. Quel cocktail de stéroïdes faut-il prendre pour en avoir de cette ampleur?

Je tire sur la barre au-dessus de moi. Mes mains touchent directement au métal. Plusieurs clients portent ostensiblement leurs gants noirs de musculation aux phalanges coupées. Ça leur donne une crédibilité que je n'ai pas. J'ignore où m'en procurer, des gants comme ça. Et ça doit coûter cher pour rien. Le jour où j'aurai assez de culot, je passerai au Dollarama m'acheter des petits gants magiques en coton, noirs, et je trancherai dedans à grands coups de ciseaux pour que mes doigts en émergent. On se méprendra. On me prendra au sérieux. Je serai crédible, comme les autres.

Je me rassure en me disant que Marky ne porte pas de gants, lui non plus. Je ne suis peut-être pas un cas désespéré.

Pour le moment, on me regarde encore drôlement avec mes charges modestes et mes livres que je traîne religieusement, entre chaque machine de mon circuit. Les autres écoutent leur musique rattachée à leur bras ou leur taille; on peut bien me laisser à ma lecture, entre mes séries de musculation.

Je change de machine. Je fais ma première série de presse. Mes jambes forcent, poussent et hurlent contre les plaques de fonte. Au terme de ma seizième poussée, je me cale dans mon siège et reprends mon souffle en rouvrant mon recueil de poésie. Je ne lis que quelques vers. À l'abri derrière mon livre, ma fascination se poursuit. J'observe la force herculéenne de Marky. Une femme me regarde le regarder.

— Il est impressionnant, hein?

— Qui ça? que je lui réponds, pour masquer le fait que j'épie le bodybuilder le plus spacieux du Nautilus.

— Ben, Marky, c't'affaire!

— Ah oui. Il est quelque chose, dis-je de manière évasive.

— T'aimerais ça être comme lui?

Elle est donc bien indiscrète, cette madame! Je tente d'avoir l'air le plus détaché possible.

— Non...

— OK. D'abord, t'aimerais ça, coucher avec lui?

Mais qu'est-ce qu'elle dit, elle? Elle n'est pas gênée, pour sous-entendre ça!

— Hein?! Non!

— Je demandais, c'est tout. Remarque que je te comprendrais, si ça te tentait.

— De quoi?

— De coucher avec lui.

— Mais arrêtez avec ça! Je veux pas coucher avec lui! Je le regardais juste de même.

Elle ne dit plus rien. Elle me regarde en souriant. Ce sourire ne me plaît pas. Je me sens obligé de préciser ma pensée.

— C'est pas étonnant si je le regardais; il prend de la place. Ça fait que nos yeux se posent facilement sur lui! Faut pas voir plus loin que ça, madame.

— Madame? Calvince! *Please*, gars, appelle-moi pas *madame*! On dirait que j'ai 40 ans!

Oups. Je lui aurais justement donné une quarantaine d'années. J'ai toujours manqué de précision et d'instinct quand vient le temps de deviner l'âge des gens. Dans un party de Noël, j'ai même déjà fait pleurer la meilleure amie de ma marraine en la vieillissant. Elle m'avait mis au défi de trouver son âge, pastichant la formule de *The Price Is Right*. Je lui donnais 50 ans. Mais par gentillesse, j'avais dit tout haut: «Pas plus que 46!» Je m'attendais à recevoir une caresse. Un «Mais quel enfant généreux!» Au lieu de quoi ma sentence avait défiguré son sourire, fait trembler quelque chose en elle, et les larmes avaient jailli. Elle était disparue aux toilettes retoucher son maquillage. Ma marraine avait soupiré, peu fière de moi. « Léon, câline, ça se fait pas, vieillir une femme. Annick a 39 ans. C'est super insultant, ce que tu viens de faire. »

— Pardon. Je disais ça pour être poli.

— Pas besoin d'être poli avec moi, gars. Appelle-moi Félindra, *please*. C'est mieux que *madame*.

— D'accord, Félindra.

Félindra – quel nom, quand même ! – détaille ma tenue de sport. Elle continue avec son agaçant sourire. Il en sort même quelques sons de raillerie. Mais… mais elle rit de moi !

— J'adore ton short.

— Ah, euh… ben merci.

— On te l'a donné ou tu l'as acheté ?

— Je l'ai acheté.

— Au magasin ?

— Oui, au magasin.

Mais qu'est-ce qu'elle me veut ? Et où veut-elle bien que je me sois procuré le short ? Elle se rapproche de moi et passe le doigt sur le tissu de mon short, en m'effleurant le genou. Je me recule sur mon siège.

— Du calme, gars. Je vais pas te manger ! Sais-tu ce que ça veut dire, ce logo-là ?

Elle montre le *e* minuscule, déposé à l'oblique sur un branchage du M, encadré par un L.

— Pas précisément, non. Ça doit être la marque de mon short. Comme Nike ou Adidas, genre.

— Pantoute. C'est le logo de l'école secondaire Marguerite-De Lajemmerais. E, M, L.

— OK.

Je ne vois pas où elle veut en venir.

— Et tu sais le genre d'école que c'est, Marguerite-De Lajemmerais?

— Non. Une école de délinquants? que je blague.

— C'est une école *de filles*. Juste de filles. Pas de gars. À vue d'œil, je dirais que tu portes un short de l'équipe féminine de volley-ball.

Je hausse les épaules. Ça ne me fait pas grand-chose. Elle a peut-être raison. Ai-je l'air ridicule pour autant?

— T'as vraiment acheté ça au magasin?

— Dans un sous-sol d'église, en fait. Ça coûtait juste deux dollars, que j'ajoute, comme pour me justifier de porter un short «féminin».

— Ah, ben là… Si ça coûtait juste deux piasses…, dit-elle, moqueuse.

Je tente de lui faire un sourire, puis je replace mes pieds sur les pédales, question qu'elle comprenne que je dois reprendre une nouvelle série. Mes quadriceps – pour le peu que j'en ai – en redemandent.

— Je te laisse forcer, Marguerite!

— Marguerite? que je répète, sans comprendre.

— Ton short, gars.

Je regarde, sourcils froncés, Félindra, la non-quarantenaire, s'éloigner vers son elliptique. Dans sa main, je remarque qu'elle tient une bouteille de Coke Diète. Un Coke Diète dans un gym? Vraiment?

Je prends une grande inspiration et pousse de toutes mes forces. Mes jambes se déploient férocement. Mes cuisses se mettent à trembler. Quatre cents livres est peut-être une charge excessive?

Quand il a bâti mon programme, peut-être bien que mon entraîneur aurait eu une ambition plus grande que ma panse?

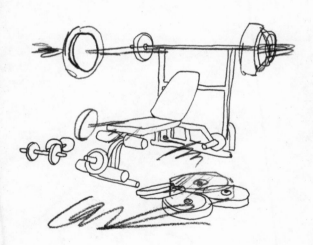

> «j'entends votre paix
> se poser comme la neige»
>
> GASTON MIRON, *L'homme rapaillé*

PHASE 4 – *JUMPING JACK*

Répétition : 25 fois

J'ai étudié l'horaire de Marky Mark. Il vient tous les jours de 10 à 11 heures 15. J'en fais autant. Mes disponibilités s'intercalent dans les siennes. J'ai toutes mes matinées de libres dès 9 heures. Je travaille de 6 à 9 heures tous les matins au service de garde du camp de jour de notre ville. Depuis le début du mois de juillet, j'arrive au travail à l'aurore, encore tout ensommeillé, les yeux encroûtés par ma nuit et la bouche pâteuse. Je mange une banane en déverrouillant les portes du Centre communautaire. Quand les enfants débarquent dans le gymnase du Centre, systématiquement, ils m'énergisent. Les voix qui résonnent fort et longuement me secouent. Ça me ramène dans la vie. Je jette ma pelure de banane en occultant mon manque de sommeil. Je tente d'oublier combien il est violent de sortir du lit à 5 heures 40 le matin.

Dès 6 heures 1, avec les enfants, je joue au ballon, au cowboy ou à l'assassin. Mais de plus en plus, pour m'économiser un peu, je me mets à dessiner avec eux, à la table des artistes. Je me suis découvert un certain talent. Sur des cartons de couleur, j'ai commencé à dessiner le portrait des enfants au crayon de cire et au feutre. Les enfants me trouvent doué. Je reproduis tous les visages. Leurs grands yeux purs, leurs joues rondes, leurs cheveux fins. Je m'applique chaque fois. Un portrait me prend quinze minutes. Mes trois heures de travail passent plus vite qu'avant. Les enfants de 5 à 12 ans (hormis un handicapé de 13 ans qui vient de manière sporadique, le matin) font la file à ma table, comme on le ferait devant le portraitiste le plus hallucinant du Vieux-Port de Montréal. Ils me disent : « Ouistiti, je suis le prochain, hein ? » ou bien « Ouistiti, tu veux-tu encore me refaire ce matin ? Je suis plus belle les cheveux attachés comme ça » ou encore « Tsé, Ouistiti, le portrait que t'as fait de moi, ben, ma mère l'a accroché sur le frigo ! »

Je n'aime pas le principe des surnoms de camps de jour. J'ai vendu la mèche à au moins trois enfants depuis le début du camp. Les enfants les plus insistants et les plus craquants ont eu raison de moi.

— S'il te plaît, Ouistiti, dis-moi c'est quoi ton vrai nom.

— Je suis pas censé le dire.

— Mais s'il te plaît, je te jure que je le dirai pas à personne. Juste à moi, dans mon oreille.

— OK. Je m'appelle Léon.

— T'es sérieux ?

— Oui.

— Je pense que tu me dis un nom comme ça pour plus que je t'achale.

— Non, c'est vraiment mon nom. Regarde.

Je n'hésite jamais à sortir mon portefeuille et brandir, en cachette des autres enfants et même des autres animateurs (qui y verraient une terrible trahison), ma carte d'assurance maladie avec les noms «Léon Renaud» embossés dans le plastique, aux côtés de ma photo. Ça laisse toujours les enfants pantois, persuadés d'être des privilégiés à qui on livrerait un précieux secret. Comme celui de la Caramilk.

Déjà, la rumeur de mon vrai nom circule. Je m'en fiche. Je n'ai rien à cacher.

— Si c'est pas Marguerite!

La voix qui résonne dans le Nautilus, ce matin, m'est légèrement familière. Je me retourne et je reconnais Félindra et son sourire étrange, peut-être plus coquin qu'arrogant. Encore aujourd'hui, elle porte une camisole Adidas moulante plus ou moins avantageuse. Elle se met aussitôt à m'imiter en faisant des jumping jacks. Sauf que son corps est moins compact que le mien. Quand elle saute, un surplus de graisse reste en suspens dans les airs. Chaque fois que ses pieds touchent terre, ses seins rebondissent encore pendant quelques secondes.

Je n'arrête pas ma série. Elle abdique avant moi pour prendre une gorgée de son Coke Diète, éternellement vissé à sa main.

— Je m'appelle Léon. C'est ça, mon vrai nom.

— Je préfère Marguerite, comme ton short. C'est plus drôle.

Je me retiens de ne pas lui dire que ça fait pitié de boire du Coke Diète dans un gym. Que le «Diète» de son Coke n'a rien de diététique.

Je me retiens de lui dire qu'elle a l'air d'une femme de plus de 40 ans. Je me retiens de lui dire qu'elle a un surplus de poids. Je sais vivre, moi. Je sais me montrer courtois, discret et civilisé.

Félindra ignore tout de ça. Elle tape sur sa poitrine avant d'éructer. Tout en respectant le circuit inscrit sur ma fiche, je la regarde avec fascination faire de trois à quatre minutes d'elliptique entrecoupées de gorgées de liqueur brune et pétillante. Quelle étrange femme : faire son cardio en calant une boisson gazeuse ! C'est comme si elle annulait tout son travail. Au fur et à mesure qu'elle perd des calories, elle en boit. Son entraînement est un non-sens à mes yeux.

En fait, je la soupçonne de s'entraîner pour poser les yeux sur Marky Mark. Quand elle ne me fait pas des clins d'œil, elle scrute le bodybuilder avec une certaine tendresse. C'est le mot : tendresse. Il y a tant de bienveillance dans son regard. Quelque chose de bien plus maternel que charnel. Quand Marky soulève une charge exagérée qui fait surgir tout un complexe réseau de veines sur ses avant-bras – réseau que je n'aurai jamais sur les miens –, une certaine angoisse s'anime en elle. À distance, Félindra veille à la sécurité du plus flamboyant bodybuilder de la place.

Avec sa boisson gazeuse qu'elle brandit comme une baguette magique, Félindra est une fée Adidas. C'est ce qu'elle est. Un peu grasse, il est vrai, mais quelques livres de trop ne sauraient entacher son ostensible féerie.

Pour la première fois depuis un mois, ma fascination pour Marky Mark n'est plus ce qu'elle était. Ce matin, c'est Félindra qui remporte la palme du pôle magnétique. C'est vers elle que mon regard se tourne. Chaque fois qu'elle s'en rend compte, elle me sourit. Un sourire peut-être un peu moqueur, mais sans trace de méchanceté.

Après mon travail sur les machines, je viens la rejoindre au tapis, pour mes redressements assis. Elle s'étire les jambes au sol. Le grand V de ses jambes est étonnamment bien écarté. Elle est plus flexible qu'elle n'en a l'air. Dans l'espace entre ses cuisses, elle parvient à coucher son ventre et ses seins au sol. De temps à autre, elle se relève pour prendre sa sempiternelle gorgée de Coke rempli d'aspartame. C'est en avalant une rasade de boisson qu'elle remarque ma présence à côté d'elle.

— Tu termines ton entraînement, Marguerite ?

Je ravale un léger mécontentement à l'écoute de ce surnom qui ne décolle pas.

— Oui. Reste juste mes redressements assis.

— Oublie pas de t'étirer pour pas être raqué demain !

— J'oublierai pas, promis, Félindra.

— Il me semble que je tombe toujours sur toi, depuis un bout de temps. Tu viens chaque jour ou quoi?

— Oui, pas mal. Dix heures, c'est mon heure.

— Ça tombe bien, parce que moi aussi. Je viens avec mon chum.

— Ton chum? C'est qui, ton chum?

Je m'attends tout naturellement à ce qu'elle me désigne un homme maigre, ou alors enrobé comme elle. Mais non. Du menton, elle montre un dos vaste comme le Nautilus. C'est Marky, soulevant des poids libres. Je retiens un rire, tant le mensonge est grotesque. Félindra ne peut pas être la petite amie de Marky. C'est impossible. Et ce n'est pas que parce qu'il ne sont physiquement pas du même acabit ou de la même caste. Je surprends souvent Marky en train d'entrer au gym. Il est toujours seul et ne parle à personne. Quelques mots aux entraîneurs du Nautilus, tout au plus. Il n'a jamais regardé Félindra, ni aucune autre fille d'ailleurs. Il ne regarde que lui-même, via les précieux miroirs le démultipliant.

— Marky Mark!? Ah oui?

— Hum hum.

— Ah bon. C'est quoi, son vrai nom? que je demande pour la forme, ne croyant pas une seconde à cette improbable idylle.

— Il serait pas très content que je te le dise. C'est comme un secret.

— Je le dirai pas à personne, promis.

— C'est Marc-André Marcoux. C'est la raison pour laquelle tout le monde l'appelle Marky Mark.

— Ah oui? Je croyais que c'était parce qu'il ressemblait à Mark Wahlberg, l'acteur américain. Le gars qui a été nominé aux Oscars pour *The Figther*... C'est pas lui qui s'appelait Marky Mark, quand il chantait?

— Disons que sa petite ressemblance avec lui, c'est la deuxième raison.

— OK, OK... Mais... Je vous vois pas souvent arriver ensemble, que j'ajoute, incapable de taire ma suspicion.

La femme prend une gorgée de liqueur pour s'humecter les lèvres, puis elle fronce les sourcils.

— On dirait que tu me crois pas, gars. Tu me trouves pas assez belle pour Marky Mark?

— C'est pas ça que j'ai dit.

Je dois faire gaffe. Des plans pour qu'elle disparaisse pour pleurer dans les toilettes, comme l'amie de ma marraine, la fois où je l'ai vieillie.

— Tu peux le dire. Je le sais que ça surprend. Je suis pas de son niveau. Mais Marky aime être avec moi. J'ai des atouts, tu sais. Je suis pas juste une grosse coiffeuse.

— T'es pas grosse, que je dis, plus par respect que par conviction.

— Arrête, mens-moi pas, *please*. Je le sais que je suis grosse.

LE CORPS DE FÉLINDRA

5 pieds 4 (sur sa fiche d'entraînement)
188 livres (sur la balance du Nautilus)

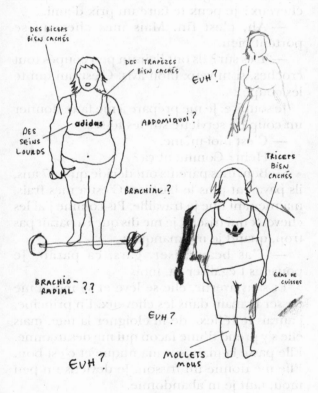

DES BICEPS
BIEN CACHÉS

DES TRAPÈZES
BIEN CACHÉS

EUH?

DES SEINS
LOURDS

adidas

ABDOMIQUOI?

TRICEPS
BIEN
CACHÉS

BRACHIAL?

BRACHIO-
RADIAL??

GRAS DE
CUISSES

EUH?

EUH?

MOLLETS
MOUS

EUH?

Alors oui : on peut dire que Félindra est grosse.

Alors oui : je suis embêté. Je dévie habilement la conversation.

— Donc, tu es coiffeuse ?

— Oui, Marguerite ! Tu veux une coupe de cheveux ? Je peux te faire un prix d'ami.

— Ah, c'est fin. Mais mes cheveux se portent bien.

— T'es sûr ? Ils ont l'air un peu coupés tout croches, si tu veux mon avis. C'est qui qui te les coupe ?

Je soupire. Je me prépare à me faire donner un coup de serviette sur les fesses.

— C'est moi-même.

— Hein ? Comment ça ?

— Ben, mes parents ont décidé qu'à 17 ans, ils payaient plus le barbier. C'est à mes frais, maintenant que je travaille. Pis comme j'ai les cheveux qui frisent, je me dis que ça paraît pas trop, quand je me manque.

— T'as beau friser, gars, ça paraît. Je pourrais t'égaliser ça, moi.

Et sans avertir, elle se lève et se met à me passer la main dans les cheveux. En principe, j'aurais le réflexe de m'éloigner la tête, mais elle s'y prend d'une façon qui me désarçonne. Elle passe la main sur ma nuque et c'est bon. Elle me donne un frisson. Je deviens un peu mou, tant je m'abandonne.

— Je masse pas pire, hein ?

— Hum hum.

— Tu commences à comprendre pourquoi Marky aime passer chez moi ?

Félindra m'explique qu'elle vit à côté du Nautilus. Son salon de coiffure est dans le salon de son appartement. Elle ne travaille jamais le matin. « Le matin, je dors ! » Elle met son cadran à 9 heures 45. Elle enfile ses tenues moulantes Adidas, mange deux toasts au Nutella avec un verre de Coke Diète, et elle traverse en face, au Nautilus, brûler une minime fraction des calories de son déjeuner. C'est son rituel, pour passer du temps près de son « amoureux ».

Son amoureux qui l'ignore, visiblement.

Un moment, la camisole Adidas de Félindra se soulève sur sa hanche généreuse. J'y lis « Cry ». Ça ressemble à un tatouage malhabile. Quand la coiffeuse grasse s'étire les jambes, il lui arrive souvent de se caresser les mollets ou les tibias. Elle doit peut-être évaluer la repousse de ses poils ? C'est à ce moment que je surprends le regard de Marky dans le miroir. Il nous regarde, elle et moi. Félindra s'en aperçoit.

— Bon, ça y est : j'existe ! Il me regarde enfin. J'imagine que t'as remarqué qu'il me regarde pas souvent. Il m'ignore. Il a honte de moi. Il me trouve grosse. Mais juste en public. Parce que laisse-moi te dire qu'en privé, il me trouve ben correcte. Il aime mes poignées d'amour. En fait, ça l'excite. Faque je les entretiens !

Elle cale son Coke d'un trait avant de disparaître (pour pleurer ? rire ? juste se changer ?) dans le vestiaire des femmes.

Je termine mes redressements assis, les yeux plongés dans les néons, presque tous fluorescents. Un seul grésille timidement. À l'intérieur du néon fatigué, une colonie de fourmis semble remonter à la source de quelque chose. Étourdi, je détourne la tête. Via la glace, je crois percevoir de petits regards furtifs que me lance Marky Mark. Est-ce que j'hallucine ? Probablement. Je suis gêné, tout d'un coup. Comme si j'étais coupable d'un larcin, je file me changer dans le vestiaire des hommes, sans avoir pris la peine de m'étirer.

Demain, je serai raqué. Tant pis pour moi.

« Tu n'as qu'à poser le bout gras de tes doigts
de mon corps déjà scié sec par l'habitude
pour compter une à une les lignes et les nœuds
les nervures les cicatrices

comme tu l'aurais fait
pour un vieil arbre tordu
planté par ton grand-père
abattu vif par ton père
pour mieux chauffer ta mère
afin d'apprendre son âge »

CATHERINE LALONDE, *Cassandre*

PHASE 5 – DÉVELOPPÉ ASSIS SUR UNE MACHINE

Contrôler la charge entre ses jambes en tout temps.

Répétition : 15 fois

Charge : 100 livres

RECETTE DE *SHAKE* MINCEUR

Ingrédients

25 cl de café
2 cuillères à soupe de lait écrémé en poudre
5 ou 6 glaçons
1 cuillère à café de poudre de cacao
120 g de yogourt au chocolat 0 %
1 dose de protéines de petit-lait

Préparez le café; ajoutez le lait en poudre et de l'aspartame selon votre goût. Versez dans le mélangeur avec la glace, mixez à la vitesse maximum jusqu'à ce que la glace soit pilée. Réduisez la vitesse, puis ajoutez la poudre de cacao, le yogourt et les protéines.

Informations nutritionnelles par personne

Calories – 144 kcal
Protéines – 20 g
Glucides – 16 g
Lipides – 0 g

Hier soir, en prenant ma douche, j'ai remarqué que des muscles apparaissaient. Aux bras surtout. C'est une nouveauté pour mon corps qui se transforme petit à petit, à mesure que ma pile de livres empruntés à la bibliothèque et achetés à la librairie descend. Ça fait quinze recueils de poésie que je lis en presque autant de jours. J'ai envie de maintenir le rythme. Une heure de gym par jour, un livre lu par jour. Pas de doute : bientôt, ce sera ma photo qu'on ajoutera dans le dictionnaire, aux côtés de l'adage « Un esprit sain dans un corps sain ».

Des vers prolifèrent sur les fiches d'entraînement. J'entends une rumeur se profiler derrière le comptoir du Nautilus. Un entraîneur parle de vandalisme. Il me semble qu'on a le vandalisme facile ! Je n'arrêterai pas pour autant. Je suis un semeur de vers. Je finirai par faire germer de la poésie sous la crudité des néons.

En ce début d'été, ma vie est régie par la routine et la rigueur. C'est une primeur pour moi : je me couche tôt. Pas le choix quand on se lève à l'aurore pour les enfants. Une fois que le service de garde est conclu, je vais au gym. Quand j'en sors, à 11 heures 15, ma journée est faite. « J'ai ma journée dans le corps », comme dit maman. Et il n'est même pas midi ! Mes après-midi sont consacrés à un peu de repos. Je fais toujours un petit somme après le dîner, puis je passe à la bibliothèque. J'y lis et je tente d'écrire, inspiré par mes lectures. Je me suis inscrit au cégep en Arts et lettres, profil lettres, pour le mois d'août. J'appréhende un peu la chose. Je suis certainement un auteur de pacotille, tout comme je suis un risible monsieur muscle. Mais Antoine est passé par là (Arts et lettres, profil cinéma), et m'assure que je serai à ma place. Il est la plus belle chose qui me soit arrivée dans ma vie pour l'estime personnelle. Il remplit son mandat de grand frère : il conseille, il félicite, il encourage, il démontre, il défriche, il aime. Il ne rit même pas de cette habitude matinale que j'ai d'aller m'enfermer dans un Nautilus, sous des éclairages artificiels, alors qu'il fait beau soleil dehors. Seul mon père se moque de moi. Il m'appelle « le poète au sac Nautilus en bandoulière » !

C'est avec un judicieux mélange de discipline et de plaisir que je retourne à mon gym pédaler en lisant un recueil de poésie. C'est rendu presque rassurant, suer ma vie à deux pas de Félindra, qui boit son Coke Diète sur son elliptique en écoutant sa chère Tori Amos dans ses écouteurs. On se coordonne pour brûler nos calories en duo. Pendant notre récupération commune, elle se livre à moi, sans filtre, comme toujours. Elle parle trop fort. Peut-être parce qu'elle veut enterrer le chant de Tori Amos dans ses oreilles (elle pourrait faire pause, non ?), ou peut-être simplement parce que c'est le seul volume de voix qu'elle possède.

— Il m'amène jamais chez lui. On va toujours chez moi.

— Comment ça? Il vit chez ses parents?

— Oui, mais pas pour les raisons que tu penses. Il reste chez ses parents pour s'occuper de son petit frère. C'est lui qui s'en occupe le plus.

— Il a un problème, son frère?

— Il est atteint de la myopathie de Duchenne.

— C'est quoi, ça?

— Une maladie qui provoque la perte de l'usage de ses muscles.

— C'est un peu paradoxal, non?

— Que c'est ça veut dire, donc, *paradoxal*?

— Ben, c'est contradictoire. Deux frères : un avec pas de muscles, pis l'autre avec trop de muscles.

— Je trouve ça beau, moi. C'est comme si Marky cherchait à équilibrer les choses. Moi, je pense que chaque fois que Marky vient ici, c'est en pensant à son frère.

J'imagine Marky Mark avec son petit frère tout maigre. La montagne de muscles, levant un paquet d'os. C'est vrai que ça a quelque chose d'émouvant.

Félindra n'arrête plus de se confier à moi. Elle est un livre ouvert. Impossible de lire mes poèmes. La voix et les confidences de la coiffeuse grasse prennent toute la place.

— Je suis une bombe de tendresse. C'est ça qu'il me dit. Marky, c'est juste ça qu'il veut. Il a besoin de se faire caresser, se faire protéger. Je suis la seule à lui offrir ça. C'est pour ça qu'il revient toujours vers moi. Je vaux bien toutes les *chicks* du Nautilus. T'es pas d'accord, Marguerite !?

— Tu voudrais pas arrêter de m'appeler Marguerite, s'il te plaît?

— T'aimes pas ça?

— Pas tant.

— Comment tu veux que je t'appelle, d'abord?

— Pourquoi pas «Léon»?

— Léon? Mais c'est plate; c'est ton vrai nom!

— Ben, moi, je t'appelle bien par ton vrai nom.

— Félindra? Tu penses que c'est mon vrai nom?

— Oui. Non?

— Ben non. Tu connais beaucoup de Québécoises qui s'appellent Félindra, toi? Non, mon vrai nom est encore plus poche que le tien. C'est Marie-Claude.

— Ah.

— C'est plus drôle, Félindra. Comme dans «Félindra Tête de Tigre», la fille de *Fort Boyard*, à TVA.

— C'est de là que ça vient?

— Yep. C'est le nom que j'ai choisi. Je trouve que ça fesse, en plus: Félindra Coiffure. C'est mieux que Marie-Claude Coiffure.

— Vu de même.

— Pis toi, Marguerite, tu trouves pas que ça fesse plus que Léon? me demande la fée Adidas.

— Je trouve surtout que ça fait fleur bleue. Ça fesse pas trop, justement.

— Mais ça te va bien. T'as l'air doux comme une petite fleur.

— Je suis pas si doux que ça!

— Ah non? me dit-elle, en promenant son doigt sur ma joue fraîchement rasée du matin.

Félindra/Marie-Claude cale son Coke Diète et retourne à son vestiaire s'en chercher un autre. J'ai alors le loisir d'observer Marky Mark, qui s'observe lui-même dans la glace. Il lève une charge démesurée qui le fait grimacer et qui pulse les veines de son cou. Il a l'air d'une vraie brute. Il a l'air méchant.

Je me demande s'il a le même visage d'assassin quand il soulève son petit frère handicapé.

J'imagine que non. Sous la montagne de muscles, il y a peut-être une délicate fleur bleue?

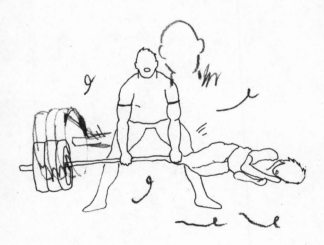

> «Je suis une cage d'oiseau
> Une cage d'os
> Avec un oiseau
>
> L'oiseau dans sa cage d'os
> C'est la mort qui fait son nid
>
> Lorsque rien n'arrive
> On entend froisser ses ailes»
>
> HECTOR DE SAINT-DENYS GARNEAU,
> *Regards et jeux dans l'espace*

PHASE 6 – CARDIO # 2

Vélo stationnaire pendant neuf minutes. Ajuster le siège. Départ rapide. Niveau 5. Pour voir les calories brûlées, indiquer son poids en livres.

Récupération. Durée : deux minutes.
Effort : 75 %

Effort. Durée : une minute. Effort : 90 %

Répéter trois fois.

Penser à nettoyer l'appareil après utilisation.

La nuit s'est chargée de ma tête. Mon oreiller a aplati mon toupet. Je me lève en *emo*, avec une frange devant l'œil. J'ai l'air ridicule, mais les enfants au service de garde ne le relèvent pas. Ils semblent m'apprécier de manière inconditionnelle, coiffé ou échevelé, maigre ou musclé. En sortant du Centre communautaire, à 9 heures 15, je me dis que mon talent en coiffure ne tient finalement pas très bien la route et qu'il serait temps de passer chez le barbier. Mais parce que c'est une drogue et qu'il sera bientôt 10 heures, je passe d'abord au Nautilus pédaler ma vie. À ma vue, Félindra-tête-de-tigre sourit, mais ne dit rien.

La fée Adidas me regarde pédaler en lisant. Elle connaît mon secret. Elle sait très bien que c'est moi qui «vandalise» les fiches d'entraînement avec des citations de poètes. Elle m'encourage dans mes projets. Quand je retranscris les vers sur des fiches pigées au hasard, elle crée des diversions. Ce petit jeu innocent qui dure depuis quelques semaines nous rapproche tous deux. Elle me trouve drôle.

Aujourd'hui, alors que je copie les vers de Saint-Denys Garneau, Marie-Claude m'interroge.

— T'écris pas de poésie, gars?

— Non, j'en lis.

— Mais tu pourrais en écrire.

— Je me sens pas prêt, encore. Suis pas sûr d'être assez intéressant.

— Essaie donc !

Une fois notre entraînement terminé, elle m'oblige à passer chez elle. Elle veut me couper les cheveux en échange d'une lecture de poèmes. « Si c'est toi qui m'en lis, je vais peut-être commencer à aimer la poésie. »

Je n'ai pas compris ce qu'elle me trouve d'intéressant, mais elle a raison : j'ai besoin de rafraîchir ma coupe. Je me rends donc dans son minuscule taudis qui fait office d'appartement et de salon de coiffure. L'odeur est étouffante : ça sent le calorifère poussiéreux qui surchauffe ou bien le séchoir à cheveux. Je ne saurais dire avec précision. La température caniculaire de l'été m'amènerait toutefois à choisir la seconde option.

Mes semelles Nike adhèrent trop bien au plancher de son entrée. Le prélart est tout collant. C'est à croire qu'elle a échappé une chaudière de colle. Mon hôtesse m'apprend qu'il lui arrive de faire accidentellement tomber les verres de Coke Diète qu'elle oublie aux quatre coins de son appartement. « Faut pas s'en faire avec ça. » Je m'en fais surtout pour ses clients. Ils ne doivent pas triper sur la propreté du plancher, constellé de mèches visiblement indélogeables, presque encastrées dans le prélart. Ils doivent grimacer en voyant leurs cheveux coupés rejoindre à jamais ceux collés au plancher, dans une mixture dégoûtante d'ADN capillaire.

— En connaissance de cause, je sais que quand on échappe de la boisson gazeuse à terre, vaut mieux frotter le plus vite possible avant que ça colle, que je lui fais remarquer, magnanime.

Elle hausse les épaules. Avoir des planchers propres ne fait pas partie de ses priorités. La vie est trop courte pour nettoyer son prélart à quatre pattes. Il y a tant de bonnes émissions à la télé. Marie-Claude suit les intrigues des différents téléromans annoncés dans son *TV Hebdo* avec la même rigueur que son amant musclé quand il applique à la lettre les charges gargantuesques de sa fiche d'entraînement. Elle soulève ses jambes au-dessus d'un pouf, devant sa précieuse télé ; il soulève ses poids au-dessus de la mêlée, devant son précieux miroir. À chacun ses passions.

Elle me fait asseoir sur son trône pivotant. Pendant qu'elle me passe la tête sous l'eau, elle me masse le crâne avec un shampoing. Je ramollis. J'oublie le plancher crotté, j'oublie l'odeur asphyxiante. Elle a une manière féerique de masser une tête. Entre deux clignements d'yeux d'extase, je vois son tatouage «Cry» se révéler sur sa hanche grasse ; son tee-shirt a remonté sur son ventre. La coiffeuse remarque ma curiosité. Pas besoin de demander quoi que ce soit. Elle m'explique tout, alors qu'elle shampouine toujours mes cheveux. La vérité est qu'elle aime Tori Amos depuis toujours. Au secondaire, dans un cours de mathématiques particulièrement ennuyant, elle a voulu se tatouer le titre de sa chanson préférée, *Crucify Myself*, à l'aide de la pointe fine de son compas. Rendue au «u», elle a abdiqué; c'était trop douloureux. «J'ai jamais aimé ça, moi, avoir mal. Ça explique pourquoi je force pas trop au gym…»

Elle aimerait être plus forte, plus imperméable. Elle a abandonné son projet de tatouage maison. Elle avait les lettres «Cru» gravées dans sa hanche, ce qu'elle trouvait ridicule. Elle a pensé aux options qui s'offraient à elle.

1. Ajouter un E à Cru. Crue. Ça se peut.
2. Ajouter un EL à Cru. Cruel, en anglais ou au masculin. Ça se peut.
3. Ajouter un ELLE à Cru. Cruelle, en français et au féminin. Ça se peut.
4. Ajouter un STACÉ à Cru. Crustacé. Ça se peut.
5. Ajouter une barre verticale sous le u, de manière à le transformer en Y. Cry. Ça se peut.

Elle a opté pour la barre sous le u. Cry. C'était à la fois le moins souffrant (la barre était brève) et le plus représentatif de ce projet de tatouage réalisé avec les moyens du bord.

Les ciseaux, animés par les doigts précis de la fée Adidas, font leur travail. La boîte à paroles ne se referme toujours pas. Alors que je l'écoute me raconter son enfance et son adolescence, je me surprends à la trouver apaisante.

Félindra se met à rafraîchir ma coupe de cheveux comme elle rafraîchit ma vie.

PHASE 7 – LATÉRAL *PULL-DOWN*

Coller les omoplates et bomber la poitrine dès le début du mouvement. Ramener les coudes le long du corps et non vers l'arrière. Contrôler la charge lors de la remontée.

Répétition : 12 fois

Charge : 82,5 livres

61

Ce matin, au service de garde du camp de jour, les enfants sont nombreux à faire la file devant ma table à dessin. Je jouis d'une bonne réputation. Presque tous les jeunes ont leur portrait réalisé par Ouistiti. C'est le tour du timide Philippe de manifester son envie d'être immortalisé sommairement par mes crayons de cire et mes feutres. Philippe, c'est le plus vieux. Il a 13 ans et se déplace en fauteuil roulant. J'ignore la nature de son handicap. Tout ce que je sais, c'est que c'est un garçon maigre, discret et solitaire. Je prends un feutre bleu et commence à reproduire le contour de son visage. J'étudie ses traits anguleux, ses joues creuses et ses grands yeux mi-tristes mi-sereins pour bien les reproduire. J'évalue la distance entre ses deux yeux, entre son nez et sa lèvre supérieure, entre son menton et sa lèvre inférieure. Les autres enfants admirent mon travail avec ravissement. Ils le ponctuent de « Oh, les yeux que Ouistiti dessine sont pareils pareils comme ceux de Philippe ! », de « Wow, c'est toi le meilleur, Ouistiti, est-ce que tu me dessines après ? » et de « Dérangez pas Ouistiti, sinon il va manquer son portrait ! ». Ils en mettent un peu trop, mais ça me fait plaisir d'être l'objet de leur fascination.

Je termine le portrait qui s'avère particulièrement réussi. J'ajoute spontanément « À Philippe M., de Ouistiti ☺ ». Depuis le début de l'été, j'ai l'impression de passer ma vie à signer Ouistiti. Si ça se trouve, au cours des 17 dernières années, j'ai bien plus laissé ma griffe dé singe que celle de Léon Renaud !

Je remets le dessin à Philippe en le complimentant: «Tu es de loin le meilleur modèle que j'ai eu; tu bougeais pas. Ça m'a aidé pas mal !» Dans ses grands yeux cernés, malgré son début d'adolescence, je lis une vague de reconnaissance.

À Philippe M.
de Ouistiti

Au Nautilus, Marie-Claude m'attend dans la cage d'escalier.

— T'es en retard, Marguerite !

— En retard ? Il est 10 heures 7.

— D'habitude, t'arrives plus tôt.

— T'étais inquiète, Marie-Claude ?

— Appelle-moi pas Marie-Claude ! C'est Félindra, mon nom. Heille, gars, on a oublié le *deal* hier !

— Quel *deal* ?

— Moi, je te coupais les cheveux, pis toi, en échange, tu me lisais de la poésie. J'attends ma paye.

— T'es sérieuse ?

— Oui. Lis-moi tes poèmes.

— Mes poèmes ? Mais ils sont pas bons.

— Je suis sûre que oui, moi.

— Ils vont être bons un jour. Je peux pas t'en lire, là. Par contre, je peux te partager ce que je lis, ces jours-ci.

— Bon, je vais me contenter de ça, ç'a l'air. *Go.* Je t'écoute.

— Ici ?

— Pourquoi pas ?

Je regarde autour de nous. Il n'y a personne. Je peux bien tenter un court extrait. J'ouvre un recueil d'Hélène Monette. *Le diable est aux vaches,* que ça s'appelle. Je lui lis à voix haute le passage que je préfère.

« Si tu veux que nous nous en sortions
nous sortirons
nous irons voir la mer
entre les poubelles
s'il reste de l'air
nous en prendrons. »

Marie-Claude retient son souffle un moment.
Elle fronce les sourcils ; elle doit trouver ça
ridicule.

— T'aimes pas ça ?

— Je prends le temps de digérer. Relis-
moi-le.

Je le fais. Marie-Claude retient à nouveau
son souffle.

— Ça va ?

— Oui, oui. C'est drôle, on dirait que ç'a
été écrit pour moi.

— Comment ça ?

— Je sais pas. Mais ça me donne envie de
laver mon plancher et d'ouvrir les fenêtres
chez moi. Pis d'oublier un peu Marky.

— Pourquoi tu veux oublier Marky ?

— Il est pas un bon gars pour moi. Il m'aime
pas vraiment, je pense. Je m'en suis rendu
compte hier soir. Il est venu faire l'amour à
la maison. J'avais préparé un bon repas, pour
après. Ça fait qu'on a mangé. Pendant le
souper, je me suis étouffée avec une bouchée
de spaghetti. Ç'avait l'air de l'agacer, Marky.
Il m'a dit : « *Come on*, bois de l'eau ! » Mais

mon verre était vide. Et plutôt que d'aller le remplir ou de me tendre le sien, il a calé *son* verre d'eau. J'ai trouvé ça tellement *cheap* de sa part. Tellement égoïste.

— J'avoue.

— Il est égoïste avec tout le monde. Sauf avec son frère, on dirait. Je suis pas importante pour lui.

Je ne sais pas quoi répondre à ça. Elle a certainement raison. Elle continue de parler. C'est comme si je n'étais plus là. Elle monologue, émet des constats de vie amoureuse insatisfaisante.

— Mais c'est ça, mon problème : j'ai toujours aimé les brutes. Les grosses brutes égoïstes, pleines de muscles pis de mépris pour les autres. C'est de ma faute. C'est à moi à sortir de ça. C'est à moi à me donner un coup de pied au cul.

Je suis gêné par ces confidences. Je baisse les yeux et me regarde les bras, pliés sur ma poitrine. J'y décèle de légers triceps qui me gonflent furtivement d'orgueil. Les brutes ne doivent pas être toutes égoïstes. J'aimerais réconforter Marie-Claude, mais je ne suis pas habile avec certaines choses de la vie. Mais elle, voudrait-elle que je la serre dans mes bras ? Est-ce qu'elle s'abandonnerait ? Rirait de ma jeunesse ? Me repousserait violemment ?

Je ne sais pas quoi faire, planté devant elle dans la froide cage d'escalier toute en fonte, antichambre du gym à l'étage. Alors je compte la variété de bouteilles et de berlingots de lait au chocolat dans la poubelle. Québon, Natrel, Natur-a et Beatrice. Voilà une véritable nature morte. Cet amoncellement ne me surprend pas : mon coach m'a bien appris que le lait au chocolat est le breuvage idéal à boire après un entraînement pour refaire rapidement le plein de glucides et de protéines, et ravitailler les muscles sollicités, voire épuisés. Quand on

ne prend pas de *shake*, c'est *la* boisson par excellence, celle qui permet la meilleure récupération. C'est juste dommage qu'on ne récupère pas tous ces berlingots et ces bouteilles vides. Ils ne connaissent pas ça, eux, l'existence des bacs à recyclage?

— Je vais rentrer chez moi, gars. Je vais pas m'entraîner aujourd'hui. J'ai envie d'aller passer le balai, on dirait. Je vais en profiter pendant que ça passe. C'est pas une envie très fréquente chez moi!

Marie-Claude s'apprête à sortir. Je trouve ça triste qu'elle parte déjà. Je lui dis la première chose qui me vient à l'esprit.

— Moi, je t'aurais donné mon verre d'eau, Félindra!

Avant de sortir, la fée Adidas se rapproche de moi, me flatte l'arrière de la tête et me donne un baiser sur le front. C'est comme une brûlure agréable.

Des lèvres, elle m'a oint de Coke Diète.

PHASE 8 – FLEXION BICEPS

Garder le corps bien droit en tout temps.

Répétition : 12 fois

Charge : 50 livres

C'est le Big Bang quand j'entre au Nautilus. Les planchers tremblent quand Marky soulève ses poids libres. Au terme d'une série, il a pris l'habitude de les laisser choir brutalement au sol, question que tout le monde comprenne bien que c'est lui le plus fort, que tout le monde confirme que c'est lui qui soulève la plus grosse charge ici. Cette attitude m'irrite. *Man*, si tu es assez fort pour lever une charge, tu es assez fort pour la déposer délicatement au sol.

Je suis un des seuls à grincer des dents devant sa démonstration de force ; peu de gens s'entraînent, ce matin. Deux ou trois messieurs humbles, musculairement parlant, dont un qui semble démuni et mal à l'aise dans son jeans hors contexte (il a dû oublier son short d'entraînement à la maison). Marky en profite pour jouer au paparazzi avec lui-même. Devant les miroirs, il sort son iPhone et fait des photos de son corps veiné, gonflé, à vif. Sourire en coin, comme pour chercher à charmer quelqu'un (lui-même, peut-être ?), il prend des poses où ses bras semblent hypertrophiés. Il est fascinant à voir aller. Ses égoportraits sont remplis de fierté et de prétention.

Je l'imagine choisir une photo de ses muscles qui ambitionnent et la mettre sur Tinder, afin d'émoustiller plein de jeunes femmes qui, potentiellement, coucheront avec lui. J'ai l'impression qu'il trompe Marie-Claude et je suis triste pour mon amie.

Je me dirige vers la machine qui travaille la flexion de mes petits biceps à moi. Elle est libre. J'en suis à modifier la charge quand Marky interrompt sa séance de photos pour venir à moi.

— Non, *kid*, je suis sur cette machine-là.

C'est la première fois qu'il m'adresse la parole. Ça me fait drôle. C'est bête, mais je me sens important subitement, comme s'il me donnait vie en me parlant. Et je m'en veux de ressentir ça, surtout après ce que Marie-Claude vient de me révéler. Marky est le genre de gars qui boit l'eau restante avant d'en offrir.

— Euh… Ben non. Vous prenez des *selfies*.

— Eille, discute pas. Je te dis que je suis sur cette machine-là. Je prends des photos en attendant.

— Mais la machine est libre, là…

— C'est mon circuit. Faque pousse-toi, *kid*. Le gym est vide. Va faire tes petits poids ailleurs.

« Va faire tes petits poids ailleurs. » Je suis blessé dans mon orgueil, pour le peu que j'en ai. Je m'éloigne, à la fois humilié et tremblant d'avoir tenu tête à la brute épaisse. Je passe à la phase suivante de mon circuit. J'ai le réflexe d'augmenter la charge. Non, Léon Renaud ne fait pas que des petits poids.

Je suis capable d'en prendre.

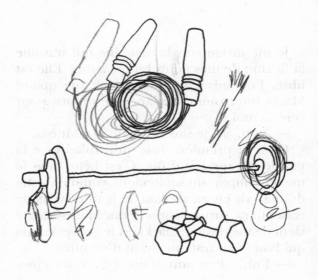

RECETTE DE *SHAKE* BANANE
PRISE DE MASSE

Ingrédients

250 ml de lait demi-écrémé
1 banane moyenne
2 cuillères à café de beurre de cacahuète crémeux
1 mesure de protéines de caséine à la vanille

Mélangez tous les ingrédients dans un mélangeur. Si vous cherchez à prendre du muscle, buvez ce shake entre les repas lors d'une phase de prise de masse. Que vous apporte ce shake ?
Des protéines lentes qui vous rassasieront pendant des heures (caséine, lait), des glucides complexes (banane) et de bonnes graisses (beurre de cacahuète) qui vous aideront à gagner de la masse maigre.

Informations nutritionnelles par personne

Calories – 643 kcal
Protéines – 67 g
Glucides – 62 g
Lipides – 14 g

Je file me changer au vestiaire. Je m'assure que personne ne m'observe avant de scruter ma semelle, là où des chiffres sont inscrits à l'encre bleue. 1-9-27 : la combinaison de mon nouveau cadenas. Je suis incapable de m'en souvenir. Les chiffres n'évoquent rien pour moi. Dès que mon pouce se pose sur la rondelle de mon cadenas, j'ai toujours le réflexe de faire la combinaison de mon ancien cadenas, celui ayant gardé en sûreté mes effets personnels tout au long de mon passage à l'école secondaire. C'était une suite de nombres inoubliables pour moi : 11-28-12.

11 : la date de naissance de Bruno, mon père.
28 : celle d'Antoine, mon frère.
12 : celle de Nathalie, ma mère.

La combinaison de ce cadenas était faite pour moi, le dernier du clan Renaud. Chaque jour scolaire, je pensais à ma famille. Pas une fois je n'ai oublié leur anniversaire de naissance grâce à mon rituel pour déverrouiller mon casier. Qu'est-ce qui m'a pris de me débarrasser de ce cadenas, lors de ma dernière journée à la polyvalente ? Je trouvais ça à la fois libérateur et symbolique de jeter cet objet froid et dur.

Aujourd'hui, je m'en veux. C'est pratique, un cadenas. Au gym, c'est même plutôt nécessaire. J'ai donc été obligé de m'en procurer un nouveau, avec une combinaison nouvelle. 1-9-27 : ça ne me rentrera jamais dans la tête. Ça ne fait appel à rien dans ma vie. Aucune date d'anniversaire de gens importants pour moi dans cette série-là.

Depuis toujours, malgré ma propension à la nostalgie, j'ai une mémoire fragile. J'ai de sérieuses affinités avec une grand-maman sénile qui tapisserait sa maison de Post-it garnis de mots à ne pas oublier. Post-it avec le mot « tiroir » sur un tiroir. Post-it avec le mot « verre » sur un verre. Post-it avec l'inscription « c'est toi » sur un miroir. Je vais finir comme ça, flirtant avec l'alzheimer, ou un truc comme ça.

Je ne me rappelle que de banals souvenirs liés à mon enfance, mais les choses importantes ne s'impriment pas dans ma mémoire. Je suis obligé de tout noter pour ne rien oublier ; ç'a toujours été ma façon d'étudier avant un examen. En récrivant, ça s'inscrit davantage en moi. Voilà pourquoi je retranscris les vers que j'aime sur des fiches d'entraînement. J'ai l'espoir de les emmagasiner, de les stocker dans ma mémoire. J'ai envie de me les rappeler et de les citer de temps à autre, devant une jolie fille idéalement, pour me croire divinement brillant et charmer les autres autrement que par la taille de mes biceps.

Mais les chiffres, j'ai beau les noter, ils ne veulent pas s'immiscer dans mon esprit. Les mots ont toujours préséance sur eux. Je n'ai donc pas eu le choix d'inscrire la combinaison de mon cadenas sur la semelle de mes espadrilles.

Je dégoupille l'hameçon de mon cadenas et me change en vitesse. Quand je sors du vestiaire, je remarque que Marky n'a pas terminé son entraînement. Seul et majestueux, il lève des haltères sous les néons. Je lui souhaite une luxation d'épaule, une déchirure musculaire, une hémorragie externe et interne à la fois. Je souhaite qu'il s'écroule sous le poids de sa charge exagérée, abandonnant son iPhone. Je pourrais alors diffuser ses ridicules égoportraits sur tous les médias sociaux et les sites de rencontres du Net sous la mention : « J'ai un micro-pénis. »

Il ne serait plus le seul à avoir un sourire en coin.

PHASE 9.– EXTENSION DES BRAS SUR MACHINE

Garder le corps bien droit en tout temps. Essayer de travailler exclusivement avec les triceps.

Répétition : 12 fois

Charge : 60 livres

...aude a nettoyé ses planchers. Ça me frappe, quand je rentre dans son appart. Ça sent encore un peu le renfermé, mais je m'y sens bien plus à l'aise que la première fois. Elle m'a invité pour la soirée. Normalement, elle écoute ses émissions à la télé (ou *ses programmes*, comme elle dit), mais pas ce soir. Elle a choisi de passer la soirée avec moi plutôt qu'avec Pénélope McQuade et compagnie.

Malgré son refus, je retire mes espadrilles pour ne pas souiller ce beau plancher javellisé. Ma mère m'a bien élevé.

Mon hôtesse a préparé des ailes de poulet enduites de panure, même si nous avons tous deux soupé. Elle les mange toutes, en soulignant sa culpabilité.

— Je suis un peu une anorexique, au fond. Une anorexique non pratiquante.

— Non pratiquante?

— Oui, c'est ça. Je suis une anorexique qui manque de rigueur. Je peux pas résister à des ailes de poulet panées.

Elle avale à une vitesse folle. Elle est étourdissante.

— C'est-tu ce soir que tu me lis tes poèmes?

— Non... Je m'excuse. Suis pas prêt, encore.

Je remarque les vieux pastels mauves qui traînent sur la table (ceux qu'utilise sa nièce, quand elle vient voir sa tante). À défaut d'avoir le culot de déclamer les petits poèmes que je griffonne sur du papier, je lui révèle que je dessine les enfants, le matin, au service de garde. Elle est attendrie et exige que je l'immortalise, elle aussi.

Je dessine mon hôtesse. Je lui tire le portrait avec ses vieux pastels qui, entre mes mains, reprennent vie (sa nièce vient de moins en moins). Félindra est le pire modèle de l'histoire de l'humanité. Elle passe son temps à gigoter, à parler. Elle me raconte qu'hier, elle a flanché. Marky l'a appelée pour passer et elle a dit oui. Il lui a dit qu'à partir de maintenant, il prendrait soin d'elle. Qu'il serait plus attentionné. Marie-Claude ne le croit qu'à moitié.

— C'est des promesses d'ivrogne, mais c'est correct. Il le pensait quand il me l'a dit. C'est pas un mauvais gars, Marky. Il prend tellement soin de son frère...

— Mais il prend pas soin de toi.

— Je suis une grande fille. Je suis capable de prendre soin de moi toute seule.

Je soupire. Je n'aime pas voir ma fée Adidas ainsi, persistant dans sa relation douloureuse avec Marky. Elle cherche à redorer son blason ; elle me le décrit comme un grand garçon avec un soupçon d'hypocondrie. Il lui arrive de confondre une faim lui sciant le ventre avec une crise d'appendicite. Ça le rend touchant à ses yeux. Il ne l'est pas aux miens. Elle s'en aperçoit.

— Je te déçois, hein, gars?

— Ben non, je trouve juste ça triste. Tu semblais t'affranchir de lui, l'autre jour.

— J'aime ça être collée contre lui, j'y peux rien. Je suis pas capable de résister à ça. Je suis pas forte.

Elle vient illustrer ses dires en brandissant ses biceps. Elle force, serre les poings, mais les bras demeurent flasques et flous. Je souris et continue à immortaliser la coiffeuse verbomotrice.

— J'ai jamais eu de force dans les bras. Je vais te raconter quelque chose de drôle, gars. Une histoire pour te parler de mes petits bras de moumoune… Mes parents, ma petite sœur Judith et moi, on a grandi dans une belle petite maison à Saint-Constant. Quand on était encore toutes les deux au primaire, nos parents ont eu l'idée de nous acheter une chienne. Litote, qu'elle s'appelait. On avait pris au hasard un mot dans le dictionnaire. On trouvait ça drôle pour un nom de chienne. Ça sonnait sympathique : « Litote, viens ici ! », « Litote, au pied ! », « Litote, donne la patte ! », « Bon chien, Litote ! Bon chien… ». Litote a vécu avec nous très longtemps. Quand j'ai été en âge de partir de la maison pour aller faire mon DEP en coiffure, j'ai trouvé ça ben difficile. Le premier mois, je m'ennuyais beaucoup, toute seule, dans mon petit appartement à Montréal. Ça fait que mes parents ont demandé à Judith d'être charitable et d'accepter que Litote, déjà une vieille chienne, vienne me tenir compagnie, dans Hochelaga. Ça lui tentait pas trop de me laisser Litote, mais elle a accepté. Elle avait ses amis, elle. Moi, je devais tout recommencer dans une autre ville. Pendant l'année, Litote est décédée. C'était quand même prévisible; elle avait presque 14 ans. J'ai eu le réflexe de la ramener à la maison, pour l'enterrer au jardin. Sauf que le problème, c'est que j'avais pas de voiture, pas plus que j'avais de permis de conduire. J'en ai toujours pas, d'ailleurs. J'allais toujours à Saint-Constant en train. C'est donc en train que j'ai voulu ramener le cadavre de Litote. Je l'avais bien emballée dans mon gros sac sport Adidas. Dans le train, j'ai eu de la misère à lever mon gros sac pour le mettre sur l'étagère au-dessus de ma tête. Litote était costaude! J'ai fait Montréal–Saint-Constant avec le cadavre de ma chienne, qui reposait au-dessus de moi. Genre... comme un fantôme qui veillait sur moi!

— On dirait que je sais ce qui va arriver.

— Ah oui? Et qu'est-ce qui va arriver?

— Le sac va s'ouvrir. Ou va percer. Et y a du sang de ton chien mort qui va tomber direct sur ta tête!

— Attends, attends. Tu me laisses-tu continuer?

— Oui..., dis-je penaud.

— Ça fait que j'ai fait tout le trajet avec Litote au-dessus de ma tête. Arrivée à Saint-Constant, je me suis allongé le bras pour atteindre le sac pesant. Un gars de ton âge, de genre… 16 ou 17 ans, m'a vue faire et a semblé avoir pitié de moi. Il m'a offert son aide. En prenant le sac, il a passé un commentaire sur sa lourdeur. Un truc comme : « Mais qu'est-ce que tu traînes comme ça ? »

— Et c'est là que le sac s'est ouvert et que le chien mort est tombé sur l'ado ! que je devine, fièrement.

— Non, attends donc un peu ! Dessine-moi pis laisse-moi donc parler, viarge !

— OK, OK…

— Je me voyais pas répondre la vérité. Ça fait pas bon genre dire : « Mon chien mort. » Ça fait que j'ai inventé quelque chose, rapidement. J'ai dit : « Du matériel informatique. » C'est la première chose qui m'est venue à l'esprit.

— Et là le sac s'est ouvert ?

— Non, le sac s'est pas ouvert ! Le sac s'est jamais ouvert ! T'es ben fatigant avec ça, cibolack !

— Ben, y est arrivé quoi, d'abord ?

— L'ado, quand il a entendu ça, y est parti à courir avec mon sac Adidas. Il a fui avec ce qu'il pensait être du matériel informatique. Mais dans le fond, il courait avec le cadavre de Litote.

J'éclate de rire. C'est l'effet de surprise.

— Ben voyons donc ! Et tu l'as pas rattrapé ?

— Non, il courait ben trop vite pour moi.

— Ha, ha, ha ! Ben bon pour lui ! C'est tout ce qu'il mérite, un chien mort !

— Oui, sauf que ma sœur et moi, on a toujours été tristes de pas pouvoir enterrer notre chienne dans le jardin, comme on voulait. Mais pour me consoler, chaque fois, je pense à la face de l'ado en ouvrant le sac Adidas. Il a dû rester bête. Ça me fait du bien.

Nous rions de bon cœur.

— T'as fini mon portrait, gars ?

— Bof. Tu bouges tellement que je peux rien faire.

Elle regarde mon dessin. La mâchoire semble lui décrocher.

— T'as fait ça avec mes vieux pastels!?

— Oui. Avec tes pastels et ta face.

— Je suis donc ben belle en mauve! « À la fée Adidas » C'est moi, ça, *la fée Adidas*?

— Certain.

— Pis t'as signé *Ouistiti*!

Oups. Déformation professionnelle.

— C'est plate, utiliser son vrai nom, que je lui rappelle.

— Je savais que j'allais t'avoir à l'usure.

La pétillante Félindra/fée Adidas/Marie-Claude me fait une caresse, pour me remercier. Ses bras sont rafraîchissants. C'est une étreinte Coke Diète.

— Tu sais c'est quoi, une litote? que je lui demande.

— Euh. Je me rappelle pus. C'est une figure de style, il me semble.

— Exact. Comme on utilise en poésie. Tu te souviens de ce qu'elle veut dire?

— Pantoute, avoue-t-elle.

— Ça veut dire « dire moins pour dire plus ».

— Comme quoi, genre?

— Comme... comme dans la pièce *Le Cid* de Corneille. C'est une pièce que m'a fait lire mon grand frère. Chimène dit à Rodrigue une litote célèbre.

— C'est quoi?

— Elle lui dit: «Va, je ne te hais point.»
Elle réfléchit un moment.

— Va, je ne te hais point? OK. Dans le fond,
elle l'aime ben gros.

— C'est ça.

Marie-Claude sourit; elle voit bien que
je rougis. Elle punaise mon dessin sur son
babillard de rendez-vous de Félindra Coiffure
avant de me tendre mes espadrilles. En les
soulevant, les chiffres inscrits sur une de mes
semelles interceptent son regard.

— C'est quoi, 1-9-27? demande-t-elle,
amusée.

— C'est la combinaison de mon cadenas.
Je l'oublie toujours.

— T'as plus de raison de l'oublier! Fais
juste penser à moi!

— Comment ça?

— Je suis née le 27 septembre 1981. Enlève
le 8 de 81, pis c'est moi: l'an 1, le 9e mois, le
27e jour.

— C'est donc ben fou!

— J'étais faite pour rentrer dans ta vie.

— Je pense ben que oui!

J'enfile mes chaussures, soufflé par le lien
improbable entre la combinaison de mon
cadenas et cette nouvelle amie. Quand je
sors de chez elle, vers 11 heures du soir, elle
me crie de la fenêtre: «Va, gars, je ne te hais
point!»

« Je remue un bras pour y trouver ma grâce.
Le vêtement se gonfle, me déforme.
(Au premier vent
la fragilité se laisse prendre.) »

JEAN-SIMON DESROCHERS, *L'obéissance impure*

PHASE 10 – *BURPEES*

Position debout, bras dans le prolongement
du corps, au-dessus de la tête, puis sauter
en position grenouille au sol, et de là,
position push-up, les paumes à plat et les
orteils touchant le sol. Revenir en position
grenouille, puis debout.

Répéter huit fois.

Plutôt que de siester, comme chaque après-midi, j'ai décidé de jeter des vers dans un calepin. Et si mon frère Antoine et Marie-Claude avaient raison? Si ça valait la peine de faire jaillir ma poésie à moi? Ils ne sont pas les seuls à m'encourager. Léonie, ma correspondante et amie de Lévis, ne cesse de me répéter que je devrais être écrivain. Donnons-leur un peu raison.

Je me suis tellement gavé des mots des autres. Maintenant qu'ils sont digérés, c'est à mon tour de montrer ce que j'ai dans le ventre, la tête et le cœur.

Ma créativité a été interrompue vers 15 heures, quand j'ai reçu un appel du Camp de jour pour m'annoncer l'absence d'un animateur en fin d'après-midi, au service de garde. J'ai dit oui. Alors je fais actuellement un remplacement, au service de garde d'avant-souper. Ce sont sensiblement les mêmes enfants que le matin. Les nouveaux qui s'ajoutent viennent me quémander un portrait. Je suis un véritable artiste du Vieux-Port de Montréal, mais plutôt que d'être payé à la pièce, je suis payé à l'heure. Et pauvrement.

Marky Mark fait son entrée dans le gymnase. Il jure dans ce gym-là, entouré d'enfants extatiques. Mais qu'est-ce qu'il fait ici, lui? Philippe, le gars de 13 ans en chaise roulante, s'anime. Il devient tout excité, lui pourtant si calme. Marky se dirige vers lui. Je fais un plus un. Philippe Marcoux est le petit frère de Marky. Celui qui souffre de la myopathie de Duchenne.

Il me voit dessiner le visage d'un enfant. Il reconnaît mon style, mes traits de crayon. Il se gratte un pec, mais sans arrogance. Il le fait comme on se gratte la tête quand on cherche une explication.

— C'est toi qui as dessiné Philippe?

— Oui.

— Fait que c'est toi, *Ouistiti*?

— Oui.

— C'est ben drôle comme nom. C'est un petit singe, non?

— C'est ça.

Un silence s'installe. Je le remplis, comme on applique de la couleur dans un livre à colorier.

— Fait que c'est toi, *Marky Mark*? que je lui lance, avec un petit sourire en coin.

Je ne crains rien, ici. Si le gym Nautilus est son territoire, le gym du Centre communautaire alloué au Camp de jour est le mien.

— Oui, dit-il, en laissant échapper un léger rire.

— C'est ben drôle comme nom. C'est un chanteur des années 90, non?

— C'est ça. En tout cas, tu dessines bien. Y est beau, le portrait que t'as fait de mon frère. On l'a accroché sur la porte du frigo. Hein, Philippe, qu'on l'aime, c'te dessin-là?

Philippe fait oui. Marky lui ébouriffe la chevelure avec une tendresse exceptionnelle. Il le serre dans ses bras. « T'as passé une belle journée, le p'tit frère ? » Philippe est plus animé que jamais. C'est la fierté d'être du même sang que ce grand frère superhéros. Le contraste entre le corps des deux frères me chamboule. Ce n'est pas comme si Marky avait tout pris et n'avait rien laissé. C'est plutôt comme s'il était devenu invincible – en vertu d'une juxtaposition infinie de muscles – par amour pour son frère, dépourvu de tout ça. Le corps de Marky rétablit une justice dans la maladie de Philippe. Il pallie.

Je pense à mon grand frère. Antoine. Si frêle et gracile. Tout juste affranchi de ses troubles alimentaires, de son anorexie inexplicable. Ses os qu'il polit encore, comme des galets précieux, en surveillant de près la valeur nutritive de tout ce qu'il avale. Avec lui, je ne pallie rien du tout. J'ai le même sang, la même constitution modeste, la même envie de me démarquer. Notre tendresse est moins éclatante que celle des Marcoux, mais elle est bien là, dans chacun de nos encouragements, dans chacune de nos sobres accolades.

L'arrogance du culturiste revient au galop.

— On se revoit au gym, *Ouistiti* !

— C'est ça, *Marky* !

Les frères Marcoux sortent avec leur complicité flamboyante.

Après leur départ, j'ai l'impression que l'éclairage se tamise dans le gymnase.

J'ai de la difficulté à terminer le dessin entamé.

«J'ai déposé mes vêtements du jour
Et tandis que je me déplace vers le lit
la lumière de la lampe se répand
sur mes cuisses mon ventre mon épaule
lambeaux frémissant
au souffle qui me parcourt»

ISABELLE COURTEAU, *Mouvances*

PHASE 11 – *CRUNCH* JAMBES À 90 DEGRÉS

Rentrer le nombril pour aplatir le bas du dos. Le mouvement devrait être contrôlé, fluide et sans à-coups.

Penser à bien respirer.

Répéter 15 fois.

Voici ce qui s'est produit :

Hier soir Marky est passé chez Marie-Claude
Il est venu chercher son lot de tendresse

Il a gardé ses souliers
sa mère ne l'a évidemment pas bien élevé

Sur le plancher révélé récuré javellisé
il a laissé son ADN

Il a levé la tête
a vu le portrait de la fée Adidas
en pastels mauves
(ceux qui traînent sur la table quand sa nièce
passe)
a reconnu le style et les traits
a lu *Ouistiti* au bas du dessin
il ne l'a pas ri
il l'a eu en travers de la gorge
(du spaghetti dans la trachée ou tout comme)

— Ouistiti est venu ici ?
— Oui…

Il a demandé de l'eau à Marie-Claude
elle lui en a donné
il a demandé des explications à Marie-Claude
elle lui en a donné
il a demandé mon adresse à Marie-Claude
elle a refusé

Marky a révélé sa jalousie
encore plus vaste que ses épaules

— Je veux plus que tu le revoies, ton petit *kid*.
C'est moi, ton gars. Je te partage pas.
— Mais on n'a rien fait. Il m'a juste dessinée.

Marie-Claude a été rassurée par ses mots
bénie par cette possessivité
elle y a vu une démonstration d'amour
elle a flotté dans son taudis
elle a répété un délicieux mantra
Marky m'aime vraiment
Marky m'aime pour de vrai vrai vrai
Marky m'aime vraiment
Marky m'aime pour de vrai vrai vrai
Marky m'aime vraiment
Marky m'aime pour de vrai vrai vrai

— C'est tout. Rien d'autre?
— Il m'a aussi lu un poème…, a-t-elle lâché,
persuadée de l'innocence d'un tel projet.
— Il t'a lu quoi? Un *poème*?
— Oui…

Quelque chose s'est allumé dans l'œil furieux
de Marky
il a parlé de ses soupçons

    — Ton kid, je le vois toujours avec des
livres. C'est-tu lui qui barbouille les fiches
d'entraînement avec sa poésie?

Marie-Claude n'a rien répondu
elle ne sait pas mentir
elle est l'antithèse parfaite

de la somptueuse Léonie
ma correspondante mythomane

hormis son surnom
tout ce qui sort de la bouche de Marie-Claude
a la forme de la vérité
alors elle s'est mordu une lèvre
elle a refermé la porte
derrière son amant transi de jalousie
a murmuré *Va, je ne te hais point*
et s'est assise dans la chaise pivotante
des clients de Félindra Coiffure
mi-coupable mi-heureuse

Elle a fait pivoter le siège
ça lui a rappelé
le bonheur fugace qu'elle éprouvait
quand elle pivotait
enfant déjà grasse et féerique
sur les chaises du McDonald
les jours de joie McCroquettes
trempées dans la sauce BBQ

Elle a revécu violemment
une époque sanctifiée
celle où le Coke
n'était pas encore Diète

*

Le lendemain Marky s'est vengé
avec les moyens du bord

— J'ai trouvé votre coupable. Le *dude* qui vandalise les fiches, c'est Léon Renaud !

On a donné du crédit au bodybuilder
on m'a acculé au coin du mur de briques

— On a eu des plaintes et on a des soupçons. Est-ce que c'est toi qui barbouilles les fiches de nos clients ?

J'ai plaidé coupable
oui, je dilapide
les plus beaux vers québécois aux quatre vents
oui, je distribue
des mots de dentelle
dans des entreprises de masse musculaire
oui, j'intercale
de la poésie entre deux plaques de fonte

J'ai reçu le jugement
on m'a sommé de tout effacer
j'ai passé mon entraînement
à gommer les mots de
Miron Lalonde Monette Fortin Durepos Saint-Denys Garneau Hébert Lapointe Langlais Doré Guerrette Chevalier Boudreault Vanier Yvon Charron Uguay Beausoleil Brossard Daoust Courteau Baillie DesRochers Des Roches

À mesure que j'effaçais
ça s'inscrivait dans mon esprit
au sharpie
Ma mémoire est intacte

je ne finirai pas comme une grand-mère sénile
dans un désarroi de Post-it

Les vers sont indélébiles
je les garderai pour moi en moi
et de temps à autre
quand je croiserai ma fée Adidas
dans une cage d'escalier
j'en réciterai des passages
en forme de réveil d'alarme
en espérant que ça agite quelque chose en elle
qu'elle se trouve pleine en étant seule
qu'elle se trouve belle et forte en solo
qu'elle comprenne sa féerie autonome

Et de temps à autre
dans les racoins lumineux du Nautilus
privilégié parmi les privilégiés
on m'oindra le front de Coke Diète

RECETTE DE *SHAKE* PROTÉINÉ ECTOMORPHE (GIGA PRISE DE MASSE)

Ingrédients

33 cl de lait écrémé
250 ml de glace vanille allégée
2 cuillères à soupe de beurre de cacahuète crémeux
1 grande banane pelée
1 cuillère à soupe de miel
1 dose de protéines de petit-lait

Mélangez le lait et la glace
dans un blender
ayant appartenu à vos ancêtres
certaines choses doivent perdurer
mixez à la puissance maximum
jusqu'à ce que le mélange
soit lisse soit étale soit exempt de grumeaux
réduisez la vitesse
ralentissez votre vie
respirez un moment
puis ajoutez le beurre de cacahuète la banane le miel
les grandes espérances
et les protéines de petit-lait

Buvez jusqu'à la lie
prenez de l'expansion jour après jour
sentez-vous vivre un peu

Informations nutritionnelles par personne

Calories – 827 kcal
Protéines – 44 g
Glucides – 93 g
Lipides – 31 g

*

mais mais mais
surtout
ne comptez pas tout
pour l'amour
vivez donc un peu
sans calcul

> « la chanson achève trouves-en une autre
> avant que s'installe le chagrin »
>
> ISABELLE GAUDET-LABINE, *Mue*

PHASE 12 – REDRESSEMENT ASSIS EN SUSPENSION

Rentrer le nombril pour aplatir le bas du dos.
Ne laisser ni le dos ni les pieds toucher au sol.
Penser à bien respirer.

Répéter 10 fois.

C'est l'heure
nous sommes tous coordonnés

Marky Mark marche devant moi
je suis encore son ombre modeste
il me faudra du temps pour remplir
la superficie de mon labeur

Marky évite une cigarette se consumant sur
le trottoir
il sait que s'il l'éteint avec son espadrille
la brûlure se profilera en lui
azote en traînée de poudre

les choses de la vie le traversent toujours avec
fulgurance

sa carcasse d'acier masque ça

1-9-27
j'écrase la cigarette par le bec
je ne ressens rien
je suis un roc
j'escalade les marches
au son d'Éric Lapointe
le cardio a commencé
la sueur me brûle la rétine plus que les néons
mais je suis immunisé
j'ai tout vu
le rire frais des enfants et leurs joues rondes
les flashs crus des *selfies* au bout des muscles
le gras des fées
qui boivent du Coke Diète pour préserver un
équilibre

qui ne vient pas
j'ai 17 ans et j'ai tout vu

je pédale ma vie
en mode surplace
je ne vais nulle part entre ces murs
je vais en moi
endorphine en fût
je sécrète comme je respire

voilà que mes bras forment
une étendue d'eau
pataugeuse de fin d'été
pour des enfants encore légers

les muscles de mes bras se déploient
comme la canne blanche
d'un aveugle qui sait où il va
sais-je où je vais?

je sais d'où j'arrive
au camp de jour je soulève les enfants
plus haut que mes épaules
plus haut que les néons du gymnase
plus haut que les arbres
plus haut que le toit des maisons
ou même des églises

je n'ai pas de limites
mon amplitude est sans fin

j'ai 17 ans
je suis plein de promesses
et je n'ai pas de limites

Marky n'en a pas plus que moi
ce Marky repu de chagrin anabolisant
avec ces muscles qui lui pètent sur le corps

la fée Adidas n'en a pas plus que moi
cette fée gavée de bulles bon marché
avec ce costume sport qui lui pète sur le corps

ils sont ma boussole
mon nord et mon sud
si jamais je m'égare
je trouverai le chemin
j'ai plus d'un tour
dans mon sac Nautilus

j'autopsierai les machines à muscles
à mains nues à mains douces
sans gants magiques aux phalanges tranchées
je les ausculterai, toutes
comme on écoute aux portes précieuses
j'évaluerai là où le lichen gruge le métal
la nature aura finalement
le gros bout du bâton
de ce paysage cru
où je vis où je croîs
où je m'apprête à devenir un homme

à la fin je trouverai l'équilibre
entre corps et esprit
entre cœur et tête
entre peur et force

à la fin j'embarquerai – précaire – dans la vie
en selle en catastrophe en confiance

comme on l'est sur une bécane
aux freins sectionnés

à la fin je sortirai me faire dorer la couenne

sous des lumières plus
sincères

PHASE 13 – CARDIO # 3

Vélo stationnaire pendant neuf minutes.
Ajuster le siège. Départ rapide. Niveau 5. Pour
voir les calories brûlées, indiquer son poids
en livres.
Récupération. Durée : deux minutes.
Effort : 75 %

Effort. Durée : une minute. Effort : 90 %

Répéter trois fois.

Penser à nettoyer l'appareil après utilisation.

Recommencer le tout s'il reste de l'énergie

sinon revenir demain

L'AUTEUR TIENT À REMERCIER l'artiste visuel Jean-François Poisson, qui a intelligemment mis en images l'univers artistique du personnage.

Il désire également souligner l'importance du vidéaste et photographe Jérémie Battaglia pour son magnifique travail photographique avec le modèle Johan Fehd Karouani, alias JFK, un bodybuilder français. Sur ces photos, on voit JFK avec son petit frère Kais, qui souffre de la myopathie de Duchenne. Ces photos ont constitué l'étincelle du projet littéraire présent. Pour les consulter, rendez-vous sur le site : jeremiebattaglia.com

DOMAINE JEUNESSE

Achevé d'imprimer en juillet 2019
sur les presses de
Marquis imprimeur

Éd. 01 / Imp. 05
Dépôt légal : août 2015